Philosophe de formation, Christine Doyen a été professeur de morale. Depuis 2008, dans le cadre de son entreprise « Une fenêtre ouverte sur la Vie... », elle organise des ateliers individuels de développement personnel et des ateliers collectifs d'écriture.

Éclats de vie...

Christine Doyen

Éclats de vie...

© 2020 Christine Doyen/Christine Doyen

Edition : BoD - Books on Demand
12/14 rond-point des Champs Elysées
75008 Paris
Imprimé par BoD – Books on Demand, Norderstedt
ISBN : 978-2-3222-4201-6
Dépôt légal : Septembre 2020

À la vie, même en mille morceaux

Un jour, le temps d'en sourire, elle et lui sont partis.

Droit devant.

À l'aube.

Chacun de son côté.

Ils ont rendez-vous avec le crépuscule.

Après ?

Ils verront bien...

Il choisit les connivences qui lui plaisent.

D'un pas décidé, son âme violette le guide dans le bois noyé de nuit.

Sous le coton mauve des nuages lents, la lune joue à disparaître.

Il connait un arbre.

Son tronc noir et mince porte une canopée ombreuse et trouée.

Il attend que la lune, séductrice, y réapparaisse sous sa voilette.

Attirance énigmatique qui se déguste en silence.

En ce début d'automne

humide et maussade,

debout au bord de l'étang

proche de chez lui,

il songe.

« Le temps dessine l'espace : l'enferme-t-il ou l'ouvre-t-il ? »

Rêverie éminemment philosophique !

« Coin-coin ! »

répond un fier canard au plumage brun onctueux de chocolat chaud.

Ce coin-coin trivial et définitif

suspend, d'un coup

son désir de déchiffrer le monde,

ses frontières et ses passages.

Frustré, il marche au bon vouloir de ce dimanche creux.

Sans but,

ses pieds rajeunissent et jouent à tracer des routes éphémères

dans le craquant épais des feuilles mortes.

Ce temps à ne rien faire

dessine l'espace ouvert d'une aire de jeu .

Son cœur en est ravivé.

Des sensations précises irriguent toutes les fibres de son corps.

Les connexions subtiles de ses neurones sont activées.

Il se souvient.

L'enfance, la mer du Nord.

Chaque année il y retrouve Ludmilla.

Enfant unique, adorée, surprotégée.

Voisine de palier des appartements loués, le temps des vacances, par leurs parents respectifs.

Au doux secret d'un creux de dune,
à l'ombre des joncs alignés comme franges de cils,
ils se soustraient aux regards inquisiteurs des adultes inquiets.

Ils s'adonnent à leur jeu préféré,
s'ensabler vivant.

Leurs quatre petites mains, coopératives, brassent la fluidité tiède du sable fin
jusqu'à creuser, toutes griffes dehors, la fosse humide.

Conquis, vaincu de son plein gré, c'est lui qui s'y allonge.

Sur toute la surface de son dos, le froid caverneux s'incruste
en un long frisson terrifiant et jouissif.

Il s'abandonne aux gestes de Ludmilla qui, sans offense, mais avec une attention aimante,
le recouvre petit à petit, tout entier.

Tandis qu'elle lisse la dernière couche soyeuse et la décore de coquillages,
son cœur à lui s'alourdit d'une respiration oppressée et apaisante.

Séparée de son corps englouti,
sa tête se vide,
si légère en ce consentement équivoque.

Une semaine déjà
que les neufs pivoines rose vif s'alanguissent au salon.

Chaque matin, sa première tasse de café à la main, elle salue le bouquet.

Elle le hume, le caresse, le cajole, le redresse,
l'ébouriffe.

Dans la cuisine, elle change l'eau,
récolte délicatement les pétales au bord de se faner,
arrache, d'un coup d'ongle précis, la verdure qui jaunit,
coupe en biais le bout des tiges.

Au salon, ses doigts amoureux façonnent ce qui sera la merveille florale du jour.

Bien évidemment, au fil du temps, moins touffue, plus chétive,
dépouillée
de la luxuriance juvénile du premier jour.

Il arrive même, selon leur essence,
que les fleurs coupées à la base de leur corolle
agonisent sur l'onde transparente d'une vasque
opaline remplie d'eau claire.

« Si l'amour est éternel, qu'importe les
métamorphoses du deuil », songe-t-elle.

Le septième matin, cependant, elle ne tente rien
pour raviver le bouquet flétri.

Emmitouflée de contemplation paisible et
résignée, elle sirote son café.

Dans l'après-midi, le livreur habituel,
-qui a bien connu feu Monsieur-,
comblera ses bras ouverts du bouquet tout neuf
qu'elle aura pris soin,
la veille,
de choisir en magasin.

« De la part de Monsieur »,
s'inclinera-t-il cérémonieux,
avec aux coins des yeux un sourire complice et
mouillé.

Respirer fort

ne le libère pas

de sa cage thoracique.

Il en est prisonnier

à perpétuité.

Lâché, délaissé,

il s'applique à être insensible.

Ce détachement outrancier

lui confère le charme,

ambigu et trompeur,

du désespéré incurable.

Fini les rendez-vous « coups de cœur » !

Chacun de ses pas cadence cette promesse.

Elle marche vite, droit devant.

La route sera longue.

Tant mieux !

Sa détermination aura le temps de grandir.

Bon sang !

Tous ces coups foireux,

ces pièges minables,

ces dangers de pacotille.

Bienvenue au monde des cons.

J'me casse !

Et que chacun suive son cours.

En exil de sa mémoire,
la sans-abri
déploie les soufflets de son sourire bandonéon.

Là,
dans une poubelle,
vêtu de son emballage de cellophane,
vierge de toute souillure,
un Dagobert se dresse.

Phallus prometteur,
entre ses mains fouineuses.

Seuls les repus s'interrogent sur les mérites de la bonne fortune.

Elle s'en va à petits pas courbés et pressés.

Il en faut bien du courage
pour affronter les nuitées,
trouver un abri sûr où déguster l'aubaine.

Sur la berge,
à l'ombre d'un buisson,
de ses quelques dents,
la vielle entame religieusement
la mie salvatrice.

Solitude ronronnante de la jouissance.

Le vent complice
dépose, aux épaules de celle qui s'oublie,
un châle de brise douce et légère.

La nuit tire dimanche vers lundi.

Comme un soleil d'hiver,

son âme s'anémie.

De ses mains,

glisse son cœur las et abandonné.

Anéanti,

sur le marche pied de sa vielle copine de bagnole,

il s'assied.

Sa carcasse, encore fumante, éructe son dernier hoquet.

Sur le siège arrière,

des appareils photo ultras sophistiqués

en disent long

sur son rêve de baroudeur.

Son dernier scoop

mord la poussière.

Au nid de l'hiver,

se love la maison isolée.

La neige étend sa lumière,

l'ombre se suicide.

Dans la cheminée,

craque une bûche.

Le silence en est tout ragaillardi.

À l'heure du thé,

la présence à Soi s'invite.

« Tout est bien »

se dit-il à lui-même.

Arrivée au terme de sa longue marche,

elle reste assise là, perplexe.

À l'horizon, une chaîne de montagnes.

Elle sait -pour l'avoir expérimenté-

que son rêve est capable de soulever des montagnes,

de poursuivre sa trajectoire d'espoir infini.

Pourquoi donc,

en cette fin d'après-midi, cette chaîne de montagnes

la renvoie-t-elle sans pitié à la cruelle loi de la pesanteur ?

Chaque os de son squelette

devient le lourd maillon d'une entrave qui la condamne à une peine fossile.

De son vagabondage joyeux,

ne reste que la fatigue.

Comme un baume sur ses articulations enflammées,

le soleil doucement décline.

Une onctueuse lumière indigo,

à l'exact diapason de son cœur mi-figue, mi-raisin

envahit le ciel et la terre.

Cette humeur ratatinée de fruit sec lui donne à ressentir,

comme en une goutte épaisse d'élixir concentré,

la force miraculeuse du Vivant.

Sur ses lèvres, un sourire fin

honore le paradoxal.

Une chute,

en hiver,

sur un trottoir enneigé,

au beau milieu de la foule affairée

d'une veille de Noël,

c'est couru d'avance.

Une chute,

par-delà un triangle de lumière,

au beau milieu d'un ciel soudain dégagé,

c'est, sans malice,

surnaturel.

Anastasie vérifie

que dans leurs bottillons maculés de neige

ses deux pieds n'ont pas bougé d'un pouce.

Chut !

Ce qui n'appartient pas au déjà vu ne peut se dire.

Douce et docile,

Anastasie encellule son expérience

sous la haute protection

de sa mémoire secrète.

Malicieux

et provocateur,

il ajuste le monocle

qui agrandit la pupille

de son œil gauche défaillant.

Poings aux hanches,

sa position assise et nonchalante est pur défi.

Comme on tire avec une fourchette à deux dents

l'escargot cuit du fond de sa coquille.

Il la regarde et la pénètre

en silence.

Elle a l'impression

qu'il extirpe de son âme

le monde

à portée de mains !

L'enfant juste né

s'enveloppe dans la membrane du regard de sa mère.

Elle,

le rassemble tout entier

dans l'eau de sa tendresse émerveillée.

De ses yeux aveugles,

il se souvient du message de l'étoile

haut perchée

dans la nuit de sa naissance.

« Tôt ou tard, nul n'échappe à naître deux fois ».

Boniface décide

de faire bonne figure à sa destinée.

Il esquisse un sourire tout neuf

et rejoint

la Paix de la Parole donnée.

Elle dépose

le haut de son corps

sur ses jambes croisées en tailleur.

Elle incline la tête

jusqu'à toucher du front

le tapis d'épines.

Dans son giron,

elle enfouit sa main droite.

Elle tend son bras gauche,

paume ouverte au ciel,

Sa main

sensible, intuitive et perspicace

s'offre

à l'heure bleue de l'exil.

Des murmures vagabonds et frémissants s'y déposent

ils fondent comme étoiles de neige au soleil.

Le bruissement de l'eau est fécond.

Dans la cavité qui quémande,

des amibes turquoise, des éclats de ciel rose, des mouvances de lave mauve,

des trouées triangulaires d'espaces clairs

s'entrechoquent.

S'y racontent toutes les origines bouleversantes.

Elle écoute.

Quand ses oreilles sont prêtes

le poème arrive.

Pupilles dilatées,

face au néant,

son regard éteint

la fixe.

Dans le miroir,

ses yeux lui disent

ce rien

qu'elle est devenue.

Et ce rien

l'habite toute entière.

Une plume,

poussée par le vent,

a plus de consistance

que ma propre vie,

songe-t-elle.

Aussi impérative qu'un doigt d'institutrice

qui pointe un pluriel oublié,

une question lui vrille les tympans.

Quels sont les carcans ?

Assurément un ventre extra plat.

Une robe sexy,

originale, classique, de belle qualité.

Ni talons plats ni échasses.

Un talon juste assez haut pour que la cambrure
des reins souffre avec élégance,

Une coiffure sophistiquée impeccable.

Des bijoux discrets, mais coûteux.

Un sourire verrouillé, de la tenue s'il vous plaît !

Autour de lui les hôtesses vont et viennent

efficaces et infatiguées.

Respirantes juste ce qu'il faut.

Son regard miséricordieux

les voit entortillées de gros cordages

qui les entravent des hanches au cou.

Dans la clairière,

sa robe étalée dans l'herbe,

souvent il la surprend,

entièrement nue.

Couchée sur le flanc,

la tête posée sur une main.

Elle lit, tranquille.

Ses seins, ses fesses

et ses épaules de Junon

s'abandonnent.

Alentour,

la bienveillance

des grands arbres.

Elle jouit

d'une parfaite et légitime intimité.

Lui,

l'exilé de passage, ne dérange rien.

En silence,

ses lèvres disent UYUT.

Ce mot précieux

qui dans sa langue maternelle signifie

Il faut être confortable.

Utilisée, abusée, confuse.

Elle s'applique, vaillante.

Que chacun

se sente bienvenu,

accueilli.

Voilà sa tâche,

imposée.

Elle bichonne la fête.

Elle préside aux délices.

Elle époussette les déboires.

Elle offre des amandes.

Elle n'écoute pas ce que son cœur connait.

Elle sourit à la ronde.

On la trouve si...

vivante !

Elle survit.

Au creux,

désormais perpétuel,

de sa place préférée dans le divan,

elle se blottit.

Emmitouflée

dans ce qu'elle a trouvé de plus doux,

elle se fait cocon.

Le mug diffuse

une fragrance orange-cannelle.

Cependant,

son regard ne s'estompe pas

à l'horizon de la sérénité.

Les atours de la paix

ne font pas la paix.

Ce dimanche
ne sera pas encore celui du par-don.

Le vent n'aime rien tant

que de jouir

de ses métamorphoses.

Ce jourd'hui,

il s'élabore

femme-chevalier.

Couleur nuit,

il se cabre,

l'œil affolé de puissance.

Crinière de jais,

longue chevelure rousse

sifflements de serpent.

Au large

âmes frileuses

et insécures !

Rien

ne sera épargné.

Au diable

ce qui empêche

le jour tout neuf

de sortir de sa gangue.

Parfois, la nuit,

il se lève pour écrire

vite, très vite.

Sur la page blanche,

son âme cavale à perdre haleine.

Ses mains moites poissent les mots.

Son cœur clignote, terreur.

Il tente d'écrire

plus vite que l'ombre de ses cauchemars.

Récidive incompréhensible

qu'il veut neutraliser

en la crucifiant sur le papier.

Sur la chaise inconfortable

de sa cuisine,

la peur immonde le fossilise.

Aussi incongru

qu'un bloc de béton enseveli

dans la neige immaculée

d'un Grand Nord inviolé,

l'aube le découvre.

Calée

dans son bain chaud

et parfumé,

elle ouvre le magazine.

Au sommaire de ce bavard,

de la banalité.

Aussi peu consistante

que la mousse de son bain.

Elle sait

que l'insignifiance

est un chemin parmi tant d'autres.

Où se laisser capter

par

la Présence à Soi.

Ses yeux folâtres

survolent en diagonale

les caractères d'imprimerie.

Les pages tournent.

Elle a tout son temps.

Le rendez-vous n'est pas loin.

Entre chattes

vintages,

enchaîner une suite

d'entrechats cadencés,

donne du cœur aux fesses,

des fleurs aux seins

et

de la légèreté aux kilos superflus.

Énorme et majestueuse,

Irma

s'enfonce dans le désert.

Un tronc,

fossilisé dans une mort phallique,

accroche les très rares nuages.

Au loin

des montagnes chauves

barrent l'horizon.

Le sol sec

est hérissé d'herbes coupantes.

Ça et là des cactus agressifs

dardent la pointe acérée de leurs feuilles.

Irma affectionne cette inhospitalité radicale.

La vie

donne rarement rendez-vous à l'énormité.

L'idéal serait

que sa bouche parfaitement maquillée de carmin

lui dise un horizon,

prenne le risque de délier le silence,

dévoile des mots qui s'inventent dans l'originalité de l'instant,

déroule des phrases musicales,

s'entrouvre sur une promesse à peine audible.

Il sait qu'alors

son oreille, à lui, frémirait d'écoute sacrée.

Qu'il serait

comme l'enfant qui attend la neige.

Mais

Elle se contente de souligner

d'un doigt manucuré, qui se veut pensif,

l'ourlet de ses lèvres sans rêve.

Une lessive

mise à sécher au vent du jardin.

La barrière

qui s'entrebâille sur le coup de midi.

La tenture de l'entrée

qui se gonfle d'air chaud.

Dans la pénombre fraîche

de la salle à manger,

elle attend

qu'il

revienne.

Sur le banc public,

laissé pour compte

il s'allonge.

Ignoré de tous,

conscient de lui.

Il tourne le dos

à l'entrée du port qui viole la mer.

Sur son oreille,

la spirale rose d'un coquillage.

Des mélodies océanes fredonnées

réveillent doucement son rêve.

Il s'endort

pour de bon.

Dans l'épais silence distingué

du salon anglais,

Odin,

le dandy,

dissimule, comme il peut,

sa colère hystérique.

D'un pied sur l'autre,

il oscille plus qu'il ne se dandine.

Son trait d'esprit,

pourtant d'une rare impertinence

a fait, ce tantôt,

un plouf magistral.

Soucieux de préserver

la considération affectée dont il est coutumier,

Odin

déhanche une volte-face élégante,

chaloupe une sortie

non sincère, mais d'un naturel désarmant

du meilleur goût.

Un jour, le temps d'en sourire, elle et lui sont partis.

Droit devant.

À l'aube.

Chacun de son côté.

Ils ont rendez-vous avec le crépuscule.

Après ?

Ils verront bien...

« Une fenêtre ouverte sur la Vie... »

Déjà parus :

Contes de la femme intérieure
éd. Entre-vues & Cedil 1998

D'amours...
éd. Une fenêtre ouverte sur la Vie... 2008

Il était une fois le désert
éd. Une fenêtre ouverte sur la Vie... 2009

Rouge
éd. Une fenêtre ouverte sur la Vie... 2013

Petits textes qui tiennent la route, ou pas...
éd. BoD 2020

Ellipses ci et là
éd. BoD 2020

Écrire c'est...
éd. BoD 2020

S'il te plaît, raconte-moi une histoire...
éd. BoD 2020

Journal intime et poétique d'un confinement contraire aux usages
éd. BoD 2020

Dans le cadre de :
« Une fenêtre ouverte sur la Vie... »
Christine Doyen organise
Des ateliers individuels de développement personnel.

Contact : 04 366 09 55

Des ateliers collectifs d'écriture.

Contact : 0472 74 86 73
christine-doyen@hotmail.fr

Photo de couverture, Morgane Pire